赤とんぼ

新美南吉＋ねこ助

初出：『柊陵』10周年記念号、１９２８年

新美南吉

大正２年（１９１３年）愛知県生まれ。雑誌『赤い鳥』などに作品を発表していたが、結核により29歳で亡くなる。代表作に「ごんぎつね」などがある。

絵・ねこ助

鳥取県出身のイラストレーター。書籍の装画、ゲーム、ＣＤジャケットなどのイラストを手がける。著書に『Ｓｏｉｒéｅ　ねこ助作品集　ソワレ』がある。

赤とんぼは、三回ほど空をまわって、いつも休む一本の垣根(かきね)の
竹の上に、チョイととまりました。
山里の昼は静かです。
そして、初夏の山里は、真実(ほんとう)に緑につつまれています。

赤とんぼは、クルリと眼玉を転じました。

赤とんぼの休んでいる竹には、朝顔のつるがまきついています。

昨年の夏、この別荘の主人が植えていった朝顔の結んだ実が、また生えたんだろう——と赤とんぼは思いました。

今はこの家には誰もいないので、雨戸が淋しくしまっています。

赤とんぼは、ツイと竹の先からからだを離して、高い空に舞い上がりました。

三四人の人が、こっちへやって来ます。

赤とんぼは、さっきの竹にまたとまって、じっと近づいて来る人々を見ていました。

一番最初にかけて来たのは、赤いリボンの帽子(ぼうし)をかぶったかあいいおじょうちゃんでした。それから、おじょうちゃんのお母さん、荷物(にもつ)をドッサリ持った書生(しょせい)さん――と、こう三人です。

赤とんぼは、かあいいおじょうちゃんの赤いリボンにとまってみたくなりました。

でも、おじょうちゃんが怒(おこ)るとこわいな――と、赤とんぼは頭をかたげました。

けど、とうとう、おじょうちゃんが前へ来たとき、赤とんぼは、おじょうちゃんの赤いリボンに飛びうつりました。

「あッ、おじょうさん、帽子に赤とんぼがとまりましたよ。」と、書生さんがさけびました。

赤とんぼは、今におじょうちゃんの手が、自分をつかまえに来やしないかと思って、すぐ飛ぶ用意をしました。

しかし、おじょうちゃんは、赤とんぼをつかまえようともせず、

「まア、あたしの帽子に! うれしいわ!」といって、うれしさに跳び上がりました。

つばくらが、風のようにかけて行きます。

かあいいおじょうちゃんは、今まで空家（あきや）だった
その家に住みこみました。もちろん、お母さんや
書生（しょせい）さんもいっしょです。
赤とんぼは、今日も空をまわっています。
夕陽（ゆうひ）が、その羽（はね）をいっそう赤くしています。
「とんぼとんぼ
赤とんぼ
すすきの中は
あぶないよ」

あどけない声で、こんな歌をうたっているのが、聞こえて来ました。

赤とんぼは、あのおじょうちゃんだろうと思って、そのまま、声のする方へ飛んで行きました。

思った通り、うたってるのは、あのおじょうちゃんでした。

おじょうちゃんは、庭で行水(ぎょうずい)をしながら、一人うたってたのです。

赤とんぼが、頭の上へ来ると、おじょうちゃんは、持ってたおもちゃの金魚をにぎったまま、

「あたしの赤とんぼ！」とさけんで、両手を高くさし上げました。

赤とんぼは、とても愉快（ゆかい）です。

書生さんが、シャボンを持って来ました。

「おじょうさん、背中を洗いましょうか？」

「いや――」

「だって――」

「いや！　いや！　お母さんでなくっちゃ――」

「困ったおじょうさん。」

書生さんは、頭をかきながら歩き出しましたが、朝顔の葉にとまって、ふたりの話をきいてる赤とんぼを見つけると、右手を大きくグルーッと一回まわしました。

妙な事をするな――と思って、赤とんぼはその指先を見ていました。

つづけて、グルグルと書生さんは右手をまわします。そして、だんだん、その円を小さくして赤とんぼに近づいて来ます。

赤とんぼは、大きな眼をギョロギョロ動かして、書生さんの指先をみつめています。

だんだん、円は小さく近く、そして早くまわって来ます。

赤とんぼは、眼まいをしてしまいました。

つぎの瞬間、赤とんぼは、書生さんの大きな指にはさまれていました。

「おじょうさん、赤とんぼをつかまえましたよ。あげましょうか？」

「ばか！　あたしの赤とんぼをつかまえたりなんかして――山田のばか！」

おじょうちゃんは、口をとがらして、湯を書生さんにぶっかけました。

書生さんは、赤とんぼをはなして逃げて行きました。

赤とんぼは、ホッとして空へ飛び上がりました。良いおじょうちゃんだな、と思いながら――

空は真青（まっさお）に晴れています。どこまでも澄（す）んでいます。

赤とんぼは、窓（まど）に羽（はね）を休めて、書生さんのお話に耳をかたむけています、かあいいおじょうちゃんと同じように。

「それからね、そのとんぼは、怒って大蜘蛛のやつにくいかかりました。くいつかれた大蜘蛛は、痛い！ 痛い！ 助けてくれってね、大声にさけんだのですよ。すると、出て来たわ、出て来たわ、小さな蜘蛛が、雲のように出て来ました。けれども、とんぼは、もともと強いんですから、片端から蜘蛛にくいついて、とうとう一匹残らず殺してしまいました。ホッとしてそのとんぼが、自分の姿を見ると、これはまあどうでしょう、蜘蛛の血が、まっかについてるじゃありませんか。さあ大変だって、とんぼは、泉へ飛んで行って、からだを洗いました。が、赤い血はちっともとれません。で、神様にお願いしてみると、お前は、罪の無い蜘蛛をたくさん殺したから、そのたたりでそんなになったんだと、叱られてしまいました。そのとんぼが今の赤とんぼなんですよ。だから、赤とんぼは良くないとんぼです。」

書生さんのお話は終わりました。

私は、そんな酷い事をしたおぼえはないがと、赤とんぼが、首をひねって考えましたとき、おじょうちゃんが大声でさけびました。

「嘘だ嘘だ！　山田のお話は、みんな嘘だよ。あんなかあいらしい赤とんぼが、そんな酷い事をするなんて、蜘蛛の赤血だなんて――みんな嘘だよ。」

赤とんぼは、真実にうれしく思いました。

例の書生さんは、顔をあかくして行ってしまいました。

窓から離れて、赤とんぼは、おじょうちゃんの肩につかまりました。

「まア！　あたしの赤とんぼ！　かあいい赤とんぼ！」
おじょうちゃんの瞳は、黒く澄んでいました。
暑かった夏は、いつの間にかすぎさってしまいました。
朝顔は、垣根にまきついたまま、しおれました。
鈴虫が、涼しい声でなくようになりました。

今日も、赤とんぼは、おじょうちゃんに会いにやって来ました。

赤とんぼは、ちょっとびっくりしました。それは、いつも開いている窓が、皆しまっているからです。

どうしたのかしら？　と、赤とんぼが考えたとき、玄関から誰か跳び出して来ました。

おじょうちゃんです。あのかあいいおじょうちゃんです。

けれども、今日のおじょうちゃんは、悲しい顔つきでした。そして、この別荘へはじめて来たときかぶってた、赤いリボンの帽子を着け、きれいな服を着ていました。

赤とんぼはいつものように飛んで行って、おじょうちゃんの肩にとまりました。

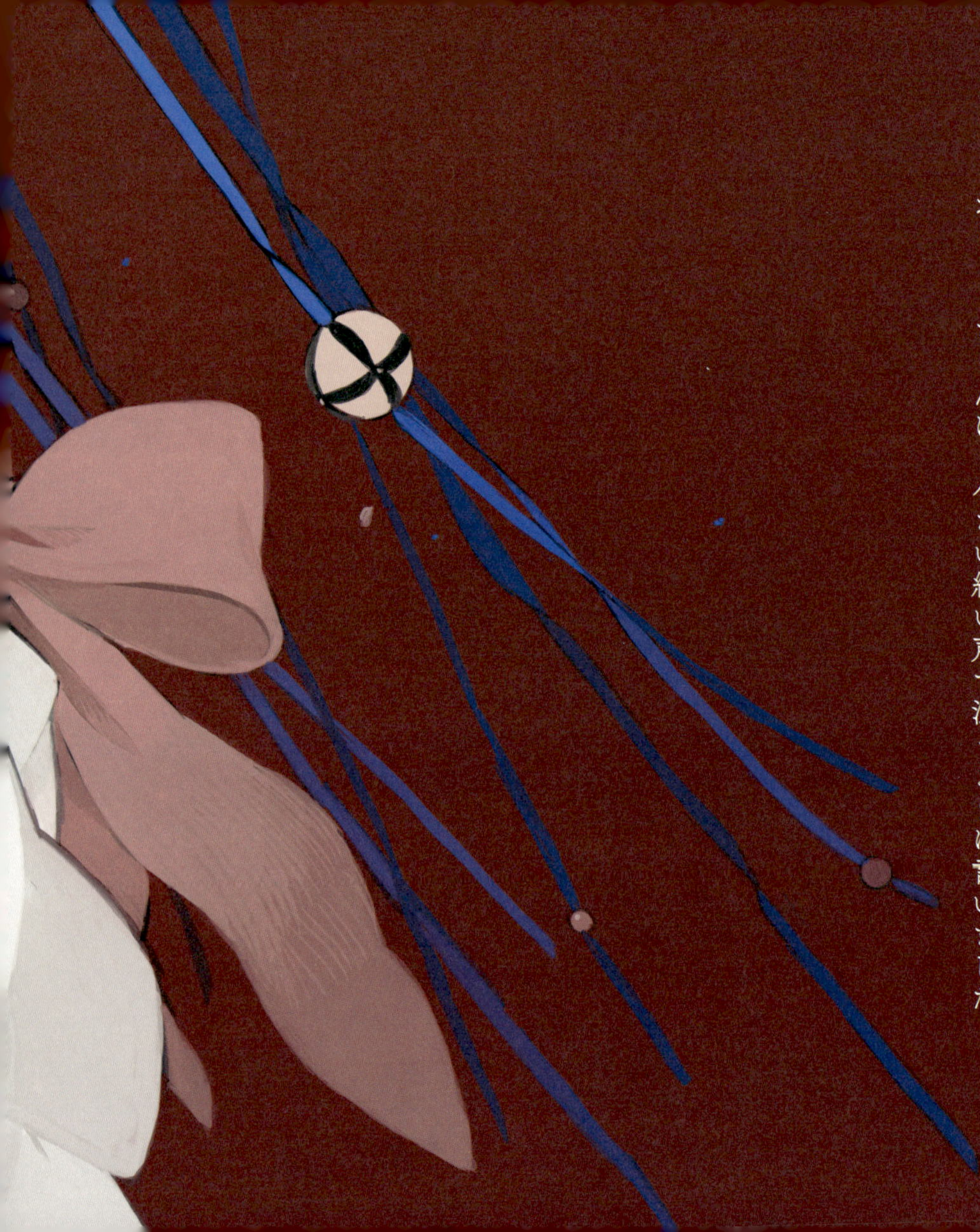

「あたしの赤とんぼ……かあいい赤とんぼ……あたし、東京へ帰るのよ、もうお別れよ。」

おじょうちゃんは、小さい細い声で泣くように言いました。

赤とんぼは悲しくなりました。自分もおじょうちゃんといっしょに東京へ行きたいなと思いました。

そのとき、おじょうちゃんのお母さんと、赤とんぼにいたずらをした書生(しょせい)さんが、出てまいりました。

「ではまいりましょう。」

皆、歩き出しました。

赤とんぼは、やがておじょうちゃんの肩を離れて、垣根の竹の先にうつりました。

「あたしの赤とんぼよ、さようなら――」

かあいいおじょうちゃんは、なんべんもふりかえっていいました。

けど、とうとう、皆(みな)の姿(すがた)は見えなくなってしまったのです。
もう、これからは、この家は空家(あきや)になるのかな――赤とんぼは、
しずかに首をかたむけました。

淋しい秋の夕方など、赤とんぼは、尾花の穂先にとまって、あのかあいいいおじょうちゃんを思い出しています。

※本書には、現在の観点から見ると差別用語と取られかねない表現が含まれていますが、原文の歴史性を考慮してそのままとしました。

乙女の本棚シリーズ

［左上から］

『女生徒』太宰治＋今井キラ／『猫町』萩原朔太郎＋しきみ／『葉桜と魔笛』太宰治＋紗久楽さわ／『檸檬』梶井基次郎＋げみ
『押絵と旅する男』江戸川乱歩＋しきみ／『瓶詰地獄』夢野久作＋ホノジロトヲジ／『蜜柑』芥川龍之介＋げみ
『夢十夜』夏目漱石＋しきみ／『外科室』泉鏡花＋ホノジロトヲジ／『赤とんぼ』新美南吉＋ねこ助／『月夜とめがね』小川未明＋げみ
『夜長姫と耳男』坂口安吾＋夜汽車／『桜の森の満開の下』坂口安吾＋しきみ／『死後の恋』夢野久作＋ホノジロトヲジ
『山月記』中島敦＋ねこ助／『秘密』谷崎潤一郎＋マツオヒロミ／『魔術師』谷崎潤一郎＋しきみ
『人間椅子』江戸川乱歩＋ホノジロトヲジ／『春は馬車に乗って』横光利一＋いとうあつき／『魚服記』太宰治＋ねこ助／『刺青』谷崎潤一郎＋夜汽車
『詩集『抒情小曲集』より』室生犀星＋げみ／『Kの昇天』梶井基次郎＋しらこ

全て定価：1980円（本体1800円+税10%）

赤とんぼ

2019年 2月15日　第1版1刷発行
2024年 1月15日　第1版3刷発行

著者　新美 南吉
絵　ねこ助

編集・発行人　松本 大輔
編集長　山口 一光
デザイン　根本 綾子(Karon)
協力　神田 岬
担当編集　切刀 匠

発行：立東舎
発売：株式会社リットーミュージック
〒101-0051 東京都千代田区神田神保町一丁目105番地

印刷・製本：株式会社広済堂ネクスト

【本書の内容に関するお問い合わせ先】
info@rittor-music.co.jp
本書の内容に関するご質問は、Eメールのみでお受けしております。
お送りいただくメールの件名に「赤とんぼ」と記載してお送りください。
ご質問の内容によりましては、しばらく時間をいただくことがございます。
なお、電話やFAX、郵便でのご質問、本書記載内容の範囲を超えるご質問につきましてはお答えできませんので、
あらかじめご了承ください。

【乱丁・落丁などのお問い合わせ】
service@rittor-music.co.jp

Printed in Japan　ISBN978-4-8456-3324-1
定価1,980円(本体1,800円+税10%)